O primeiro presépio

Dados Internacionais de Catalogação na Publicação (CIP)
Angélica Ilacqua CRB-8/7057

Degl'Innocenti, Fulvia
    O primeiro presépio / Fulvia Degl´Innocenti ; tradução de Andréia Schweitzer ; ilustrações de Manuela Leporesi. - São Paulo : Paulinas, 2023.
    32 p. (Tecendo histórias)

ISBN 978-65-5808-224-8
Título original: Il primo presepe

1. Literatura infantojuvenil 2. Família 3. Vida cristã 4. Presépios I. Título II. Schweitzer, Andréia III. Leporesi, Manuela IV. Série

23-2113   CDD 028.5

Índice para catálogo sistemático:
1. Literatura infantojuvenil

Título original: Il primo presepe
(c) Paoline Editoriale Libri - Figlie di San Paolo, 2023.
Via Francesco Albani, 21 - 20149 - Milano (Italia)

1ª edição – 2023
1ª reimpressão – 2024

Direção-geral:	*Ágda França*
Editora responsável:	*Andréia Schweitzer*
Tradução:	*Andréia Schweitzer*
Coordenação de revisão:	*Marina Mendonça*
Copidesque:	*Marina Siqueira*
Revisão:	*Sandra Sinzato*
Gerente de produção:	*Felício Calegaro Neto*
Produção de arte:	*Elaine Alves*
Ilustrações:	*Manuela Leporesi*

Nenhuma parte desta obra pode ser reproduzida ou transmitida por qualquer forma e/ou quaisquer meios (eletrônico ou mecânico, incluindo fotocópia e gravação) ou arquivada em qualquer sistema ou banco de dados sem permissão escrita da Editora. Direitos reservados.

Cadastre-se e receba nossas informações
www.paulinas.com.br
Telemarketing e SAC: 0800-7010081

Paulinas
Rua Dona Inácia Uchoa, 62
04110-020 – São Paulo – SP (Brasil)
📞 (11) 2125-3500
✉ editora@paulinas.com.br

© Pia Sociedade Filhas de São Paulo – São Paulo, 2023

Fulvia Degl'Innocenti • Manuela Leporesi

O primeiro presépio

Chegou finalmente o mês de dezembro e, com ele, o dia de montar o presépio, tão esperado por Marta e Lucas. A vovó Adele, que mora com eles, é a responsável pela importante operação. Ela é a guardiã das peças de gesso – as mesmas de quando ela era criança. Algumas estão um pouco lascadas e talvez precisassem de um retoque de cor. Elas passam o ano todo embrulhadas em jornal e guardadas numa caixa, junto com as casinhas de cortiça feitas pela vovó. Todo ano ela faz uma nova, para enriquecer a paisagem.

Vovó Adele chega carregando a preciosa caixa, e para Marta e Lucas é sempre uma festa.

— Nós também queremos ajudar, vovó! Já somos grandes — dizem com entusiasmo os dois irmãos, de seis e sete anos.

— Calma! Ainda tenho de ir buscar o musgo que recolhi no parque e todo o restante do material: papel alumínio para os rios e lagos, jornais velhos para fazer as montanhas que depois cobriremos com o papel com estampa de pedras, farinha para polvilhar no topo para fazer a neve, o papel azul estampado de estrelas para o céu, os gravetos e as pedrinhas para fazer as estradas. Este ano, vocês vão ver, vai ficar ainda mais bonito. Mas, antes, eu quero contar uma história para vocês.

— Uma história? Oba!

Marta e Lucas amam histórias. E a vovó sempre tem histórias novas para contar.

Depois de juntarem todo o material necessário, a avó e os netos começam a montagem.

— Nosso presépio fica numa montanha — explica vovó Adele — mas vocês sabem: a terra onde Jesus nasceu, a Palestina, era quase completamente deserta.

— E por que fazemos assim? — perguntam as crianças.

— É justamente essa a história que eu quero contar para vocês: a do primeiro presépio, que foi feito há 800 anos, no Natal de 1223.

— Conte, vovó!

Vovó Adele se senta em sua poltrona macia. À sua frente, no tapete, Marta e Lucas se acomodam, com as pernas cruzadas e o olhar curioso.

— Primeiro tenho de apresentar a vocês um rapaz, chamado Francisco. Ele nasceu em Assis, na Itália, numa família de ricos comerciantes de tecidos. Francisco adorava se divertir e sonhava em se tornar cavaleiro. Mas havia alguma coisa errada... Ele não estava feliz e cada vez mais pensava nos pobres e nos doentes. Então, um dia, enquanto rezava, ouviu a voz de Deus e, a partir daquele momento, decidiu renunciar à sua riqueza, vestiu-se com uma roupa bem simples e decidiu dedicar-se a Deus e aos pobres.

O pai dele ficou muito desapontado: ele tinha outros planos e achava que seu filho era louco de abrir mão de sua riqueza para viver como um pobre.
Francisco amava seus pais, mas amava ainda mais Jesus e falava dele com palavras tão bonitas e tanto brilho no olhar que muitos logo o seguiram, compartilhando com ele uma vida de pobreza e oração.

Quando reuniu um grupo de rapazes como ele, foi a Roma encontrar-se com o Papa Honório III, a quem queria pedir para começar algo novo: uma experiência de comunhão com o mistério de Deus, na qual iriam pelo mundo afora como andarilhos. O Papa deu-lhe permissão, e Francisco, então, fez muitas viagens, levando a todos os lugares uma mensagem de paz, fraternidade e respeito à natureza – um grande dom de Deus. Até à Terra Santa ele foi, para ver os lugares onde Jesus nasceu e viveu.

Francisco amava o Natal, de uma maneira especial... Como vocês sabem, Maria e José, pais de Jesus, tinham saído de Nazaré para cumprir a ordem de recenseamento do imperador Augusto, que mandava todo mundo registrar-se em sua cidade. José era de Belém, na Judeia, mas quando chegaram não encontraram lugar para passar a noite e, por isso, foram se abrigar numa gruta. Foi quando Jesus nasceu!

Nesse momento, apenas um boi e um burro aqueciam o recém-nascido deitado numa manjedoura, aquele recipiente em que os animais comem feno. Depois que os anjos anunciaram o nascimento do Salvador aos pastores, muitos deles foram adorar o Menino Jesus. Alguns dias depois, três reis sábios, os Magos, também chegaram do Extremo Oriente.

— É por isso que só colocamos os Magos no presépio no dia 6 de janeiro!
— Muito bem, Marta! É o dia dos Reis Magos.
— E o Menino Jesus na noite de Natal.
— Isso mesmo, Lucas! Mas agora vamos voltar a Francisco.

Quando voltou da Palestina, ele achou que seria bom recriar a cena do nascimento de Jesus; até então ninguém tinha feito isso. Mas era preciso ter a permissão do Papa.

Então ele foi de novo a Roma e o Papa autorizou. Agora ele só precisava encontrar o lugar certo.

Durante suas andanças pela Itália, Francisco esteve em Greccio, um povoado localizado em uma região montanhosa, nas encostas do Monte Lacerone, não muito longe de Roma.

Greccio o fazia lembrar muito de Belém, e ali morava um grande amigo dele, chamado Giovanni Velita, a quem enviou uma mensagem: "Giovanni, preciso que você me ajude: encontre uma gruta e coloque nela uma manjedoura". Vocês sabiam que, em latim, a manjedoura se chamava *praesepium*? É daí que vem a palavra "presépio". Francisco também pediu a Giovanni que levasse para a gruta um boi e um burro.

Naquela época, ia-se quase sempre a pé de uma cidade a outra, e demorava mais de um dia de caminhada para ir de Assis até Greccio. Imagine fazer isso no inverno, como é em dezembro na Itália, com neve e estradas de terra, não de asfalto, como as de hoje. O chão devia estar todo branquinho, assim como os telhados das casas, as encostas e os picos das montanhas.

Francisco estava tão animado, com o coração batendo tanto de alegria com a ideia daquele Natal especial que o esperava em Greccio, que quase não sentia frio e cansaço. Vestindo um hábito simples e com os pés protegidos apenas por um par de sandálias, ele chegou à cidade de seu amigo Giovanni, acompanhado de muitos outros frades e gente do povo. O boato do que estava para acontecer corria de boca em boca e muitos pastores, artesãos, camponeses e mulheres vinham de todas as fazendas, trazendo velas e tochas para iluminar a noite santa, enquanto os frades entoavam canções que tornaram a cena ainda mais bonita e intensa.

– Também havia crianças? – perguntam Marta e Lucas.
– Sim! As famílias eram muito grandes naquela época. Os filhos pequenos iam no colo das mães, os que já sabiam andar brincavam atrás dos pais. Os mais velhos, que já eram pastores, chegavam com suas ovelhas. Entre eles também estava Gregório, que tinha dez anos, cabelos cacheados e usava um pesado manto de lã marrom para se proteger do frio daquela noite gelada, iluminada pela lua, pelas estrelas e por tochas e archotes.
Gregório, apesar da pouca idade, já havia passado por muito sofrimento: sua mãe havia morrido, ele tinha que trabalhar e, por isso, não tinha tempo para brincar, mas, como toda criança, era muito curioso e se encantou com aquela cena mágica.

Também ele se ajoelhou e rezou com os demais diante da manjedoura, tanto que sentiu no peito um calor, como uma chama que se acendeu em seu coração. Olhou em volta e viu os rostos de homens e mulheres, normalmente endurecidos pelo cansaço, velados por uma estranha doçura, olhos brilhantes e lábios sorridentes.

O mais emocionado de todos era Francisco. Gregório nunca o tinha visto antes, não parecia ser estrangeiro, mas alguém como eles. Francisco começou a falar do Menino de Belém, o filho de Deus que veio ao mundo muito pobre, numa pequena aldeia de pastores.

"Igual a Greccio", pensou Gregório.

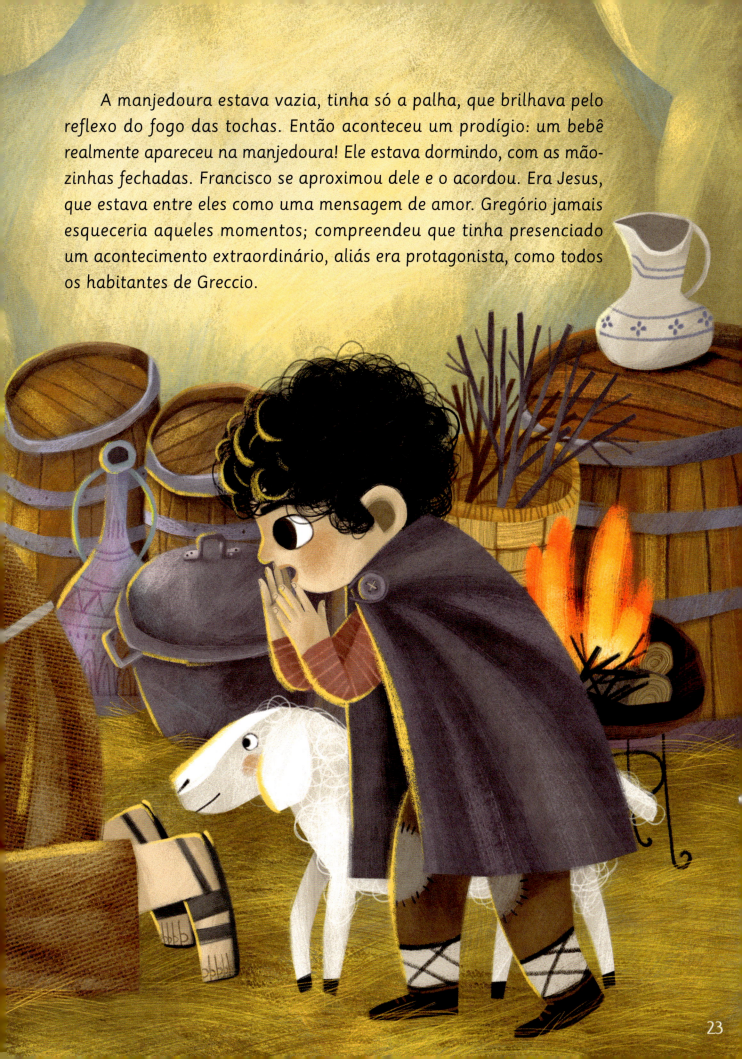

A manjedoura estava vazia, tinha só a palha, que brilhava pelo reflexo do fogo das tochas. Então aconteceu um prodígio: um bebê realmente apareceu na manjedoura! Ele estava dormindo, com as mãozinhas fechadas. Francisco se aproximou dele e o acordou. Era Jesus, que estava entre eles como uma mensagem de amor. Gregório jamais esqueceria aqueles momentos; compreendeu que tinha presenciado um acontecimento extraordinário, aliás era protagonista, como todos os habitantes de Greccio.

 Gregório estava tão encantado com a cena que não percebeu quando Francisco se aproximou e se agachou na frente dele: "O que você ainda está fazendo aqui? Não tem uma casa para onde voltar?". "Gostaria que esta fosse a minha casa", disse Gregório. "Ela pode ser, se você quiser. A casa do Senhor está dentro do nosso coração."

 Francisco acariciou a cabeça do jovem, levantou-se e juntou-se aos outros frades que estavam fora da gruta e o esperavam para irem juntos para a ceia de Natal na casa de Giovanni Velita.

Gregório ficou sozinho na gruta. O pai e os irmãos o esperavam em casa, mas antes ele tinha de fazer uma coisa: tirou uma palha da manjedoura e guardou-a por toda a sua longa vida, simples, mas feliz. De fato, conta-se que muitos milagres foram realizados graças à palha daquela manjedoura: pessoas e animais se curaram, e muitas mulheres superaram com alegria os partos mais difíceis.

— Vovó, será que o pastorzinho do nosso presépio é o Gregório? — pergunta Marta, segurando em suas mãos o menininho de colete e chapéu com um cordeirinho nos ombros.

— Eu acho que sim! — responde a avó com um sorriso.

— As pessoas ainda fazem o presépio em Greccio? — pergunta Lucas.

— Sim, no mesmo lugar daquela primeira representação do Natal, em Greccio, um altar e uma igreja foram construídos em homenagem a São Francisco, e todos os anos, ali e em várias outras partes da Itália, é realizado um presépio vivo.

— Mas e o presépio com os bonequinhos? – pergunta Marta.

— Bem, isso veio muito mais tarde, uns quatro séculos depois, mas só dentro de igrejas e com estátuas muito grandes. Então, aos poucos, as pessoas começaram a montar em casa, assim como o nosso presépio. Mas, já desde a época de Francisco, pintores começaram a fazer quadros representando a natividade. O primeiro foi Giotto, que dedicou todo um ciclo de afrescos à vida de São Francisco. Entre as várias cenas que pintou estava também a do primeiro presépio de Greccio. Talvez um dia nós três façamos uma bela viagem à Itália e eu levo vocês a Assis para vê-los.

— Ah, vovó, isso seria maravilhoso!

— Podemos ir de trem de Roma até Assis. Vai ser uma viagem só para nós três – disse a avó, piscando o olho para Lucas e Marta.

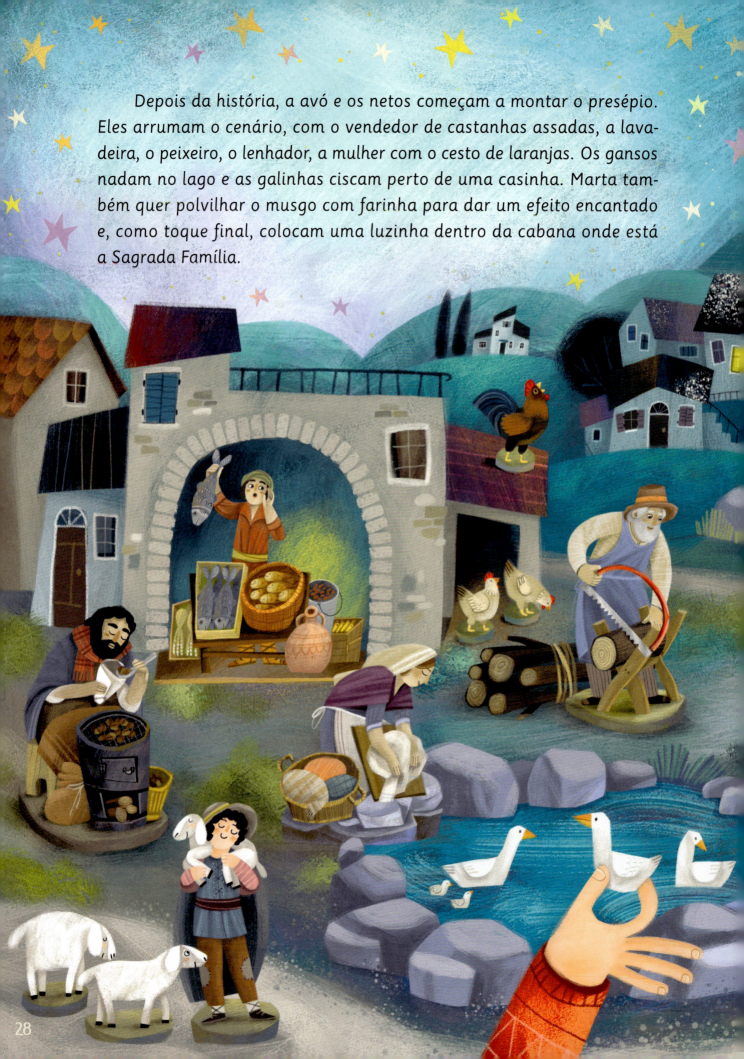

Depois da história, a avó e os netos começam a montar o presépio. Eles arrumam o cenário, com o vendedor de castanhas assadas, a lavadeira, o peixeiro, o lenhador, a mulher com o cesto de laranjas. Os gansos nadam no lago e as galinhas ciscam perto de uma casinha. Marta também quer polvilhar o musgo com farinha para dar um efeito encantado e, como toque final, colocam uma luzinha dentro da cabana onde está a Sagrada Família.

Marta e Lucas ficam em silêncio, contemplando a pequena obra de arte que montaram este ano com a vovó Adele. Desta vez tem um sabor ainda mais especial porque ouviram a história de São Francisco. Parece até que sentem no coração o mesmo encantamento que o pastorzinho Gregório sentiu diante da manjedoura vazia, esperando o Menino Jesus.

Rua Dona Inácia Uchoa, 62
04110-020 – São Paulo – SP (Brasil)
Tel.: (11) 2125-3500
http://www.paulinas.com.br – editora@paulinas.com.br
Telemarketing e SAC: 0800-7010081